KB024152

모자를 꺼내 썼다

고은수 시집

모자를 꺼내 썼다

달아실시선
51

달아실

일러두기

1. 본문에서 하단의 〉는 '단락 공백 기호'로 다음 쪽에서 한 연이 새로 시작한다는 표시임.
2. 보조 용언과 합성 명사의 띄어쓰기 등 본문의 맞춤법은 시인의 의도에 따른 것임.

시인의 말

시간이 흐리고 내가 흐려질 때
계절에 기댔다.

돌아오는 새들이 낮게 날아
초록이 비에 젖으면,

나는 고적한 나라가 되었다.

2022년 2월

고은수

차례

모자를 꺼내 썼다

2부

3부

4부

1부

다시 걷기

발소리를 듣는다

못나서 발로 차고 싶은
그 언젠가부터 오늘까지,

서성거리다가 불우해진다

네가 깊은 병에 들었다는
소식을 들었다

나는 기도하는 척만 했다
눈을 흘기면서,
눈물을 훔치면서,

가슴 밑바닥엔 익히 아는
복잡한 것들이 있다

얼마나 걸어야 한 줌
머리카락만큼 가벼워질지,
〉

모양을 바꾼 바람과
잎을 새로 칠한 나무와
차근차근 어두워지는 황혼에
물어봐야 한다

내 안의 느티나무

어제는 유순한 신발이었나,

의무는 계속 오늘, 오늘
그리고 맑아야 함

끝까지 물러서지 않으려 하는
여름날은 무한해 보인다

변하지 않는 발자국들은
차례로 썩어갈 것이다

너는 말을 잘 들어서
마음에 들어,

이 페이지는 찢도록
하겠습니다

헐벗기를 자청하는 나에게
너는 또 푸른 갑옷을 입혀준다

안부를 묻다

골목을 따라 장미가 산다
매일 오가면서 인연은 시작되었다

나는 자연을 꺾지 않기로
작정했으므로, 대신 살짝만 만지는 것

장미는 봉오리가 자라는 데만도 열흘이
넘게 걸려서, 안부를 묻고 싶어진다

아침에 기도를 하다가
언뜻 가녀린 구름을 보다가

장미는 잘 있나,

안부는 상대가 모를 때 더 많이 고인다

진부한 날씨처럼 염려가 자꾸 길어져,
다시 물잔을 채우지만

못내 애가 쓰일 때라면 조금 더 편하게
장미! 듣고 있나, 그렇게 나아갈 뿐

낯선 아침

누진해진 파스를 여전히 쥐고 있다

다윗의 야무진 돌은 어디로 날아갔던가,

이불 속은 안온한 무덤,
더 불온한 마음으로 아침을 밀어낸다

왜 나를 버리면 안 되는지
왜 열심히를 목표로 해야 하는지

시작할 땐 민트 향이었는데,
실패의 냄새가 끈적하다

휘청, 균형을 잃는 골리앗을 본다
이런 순간은 처음이군,

아침이 도로 닫히고 있어

돌아갈 수 있을까요

결국 나왔습니다
문짝이 나를 뱉어냈답니다
엉망으로 내리는 비를 철벅거리며,
여기까지 왔습니다
이것은 무리수다, 내면의 움직임도 있었지만
삶이 여름에 말리는 장미처럼 썩어가고 있다면
흐린 냄새만 풍긴다면 어떻게 해야 할까요

도발은 시작됐습니다
축축 처지는 음악이 세상 말일 같습니다
리듬이 풀려나옵니다
스토리가 궁금해집니다
비바람에도 순서가 있습니다
나는 아무도 없는 거리에 사람들을 하나씩
그려 넣으며 외롭지 않다고 생각해봅니다
비를 싫어하지 못하는 것은 천성입니다
돌아갈 수 있을까요

모자를 꺼내 썼다

울까 말까 생각했다
억울할 때는 우는 게 맞고, 거기에 대해서
어리광이 심하군, 하지는 않을 것이다
울려고 마음먹고 창밖을 보니,
바깥도 울기 직전이다
이렇게 건물이 외질 수가 있나,
햇빛이 들 수 없는 구조에 에어컨 실외기들만
건조하게 놓여 있다
구석으로 밀려난 겨울나무들은 유령인가,
반대쪽 건물에 누군가 어른거리더니,
버티컬을 닫아버린다
눈이 아프도록 밖을 보고 있다
간호사가 몇 가지 체크를 한 뒤 가볍게 떠났다
갑자기 추위가 느껴져 모자를 꺼내 썼다
모자는 눈썹을 유순하게 하고,
몸이 따듯해지니 내가 나를 안아주는 건 어떨지
우는 일은 좀 있다가 결정하기로 했다

인기척

아무도 오지 않았으므로
나는 자꾸 바깥이 되었다

너무 적막해도 구토가 나온다

이곳에선 생활을 알 수가 없어,

나는 언제까지를 세고 있다

사람들은 어둠을 몰아내려고
노란 전등을 찾고 있겠지

서둘러 안이 되고 싶었다

벽 속에 소리가 있는 것처럼
한 곳을 응시하고 있다

계속 태어나는 일

성숙하기 싫다
앞으로 나아간다는 것이 실책이다

원점에서 시작하는 것
어제를 지우고 내일을 지우고

지금도 순간은
계속 태어나고 있으니

밤이 없어지고 아침이
나에게 와 있는 것

단풍의 화려했음을 보내고
홀가분해진 나무처럼

손톱을 깎는 일,
기쁘게 출발선으로 돌아가는 일

그 선은 아름다운 힘이다

새로 무지개가 시작되는 거지

그래서 손톱을 짧게 깎는 편이다

여기만 비가 오지 않아서

창을 향해 걸어간다

복도는 덤덤하고
곁눈질도 주지 않아, 비가 없다

우리는 어린 시절 이야기,
벌 받던 얘기를 했지만

시선은 밖으로만 향한다
비에 젖은 차들은 매끄럽다

조금 열린 창문으로 경쾌한 음악이
흘러나올 듯

나는 흘러내리는 바지를 추스르고,
반대쪽 창으로 간다

아카시아가 비를 맞고 있어서 5월이다
〉

아이들이 없는 운동장이 소란하다
물웅덩이도 빗소리를 듣고 있는,

나는 비만큼 멀리 갈 수 없다
차들은 다들 집으로 갔을까

여름에 아픈 사람

기차는 나를 데려가고 있다

난감할 것도, 거북할 것도 없는
들판들과 함께,

낯이 익은 교각 아래로
여름 개천이 천진하게 흐른다

나는 아직 많이 가야 한다

터널을 빠져나오자 숲이 덮쳐와,
의욕이 덩어리째 밀려와

눈을 뜨라고,
턱을 치켜들라고,

짙푸른 것들은 때로 미욱함을 못 견딘다

아쉬운 노래

쓸쓸한 날에는 더 쓸쓸한 짓을 하지

이제 추억을 닫고,
이름도 그만 부르고,
노래를 뒤적인다

어린 시절, 학생애창곡집 한 권을
목청껏 불러댔지

창밖의 해바라기들이 고개를
돌렸는지, 기억이 안 나네

지금은 비가 들어있지 않은 구름만
짝발을 짚고 건너간다

가슴이 절룩거리는 날,

너와 결별한 후 나는 부족해졌다

D-1

마침 카톡이 왔다
배송 알림은 아니고 친구의 소식이다
딸과 같이 터키 가서 찍은 사진이 올라와 있다
늘 보던 미손데 터키에서 웃으니 터키스럽다
만족한 공기가 화면을 가득 채운다
나는 그저 커피그라인더를 기다리고 있을 뿐,
오늘 나는 심각하게 커피를 내려 먹을 것이다
커피 9그램을 그라인더에 넣고
20초 간 갈아서, 한 번 행궈낸 커피필터에
다시 못 볼 것처럼 드립할 것이다
가보지 못한 카파도키아를 상상하면서
낯설게 두근거리는 시계를 돌려볼 것이다
나는 내일 터키도 아니고, 대륙의 어느 숨을 곳도
아닌 그곳으로 가야 하니까,
오늘 울지 않는 커피가 필요하다
커피그라인더는 아직 오지 않았다

그다음 날

나의 카페로 갈 것이다
야외에서 커피를 받아들고,
늘 먹던 연한 맛 말고,
노래방에서 좋아하는 노래를
원키로 도전하듯이,
원래의 맛으로 삶을 늘려봐야지
익숙한 쟁반은 슬프지 않고,
재활용지 티슈도 뿌듯하고,
아직 쌀쌀한 바람이 갓 나온 어린잎을
이렇게 저렇게 뒤집고 있지만,
나는 죽지 않고 계속 살 예정이라고
테이블 옆 벚나무에게 말할지도 모른다

회복기

여름을 넘긴다
다음 페이지에는 헐렁한 창문이
있을 거야
오늘은 아니네
매미 소리 가득한 창을 그대로 오려서
어디론가 데려가고 싶다
나는 언제부터 나였는지,
내가 순결하기를 바라다니 생각할수록
웃긴다
오늘은 아니네
밤은 까만색인데 하얗게 밝은 것 같아서
실눈을 뜬다
아직 잠을 자지 않고 있었구나
늘 사탕을 찾는다
슬픔을 이기기 위해서 슬픔과 같이
노는 시간이 길어지다니,
뒤돌아보지 않는 가로수처럼
앞으로와 악수하고 싶다
어디쯤에서 기다리고 있을 열매와
장난치고 싶다

2부

새로 쓰는 마음

비가 온다면 이쪽 창문부터 오겠구나

축 처진 느티나무 가지처럼
갈망이 번져가고 있어

그쪽으로 팔을 늘어뜨렸지

공기가 움직이는 방향으로 머리도 젖고
펄썩거리는 벌레 소리에 골똘해지네

젖는다는 건 어깨가 툭 내려가는 거지

창문에다 대고 너무 많이 말했나봐
생각보다 지저분하네

비가 온다면 이쪽 창문부터 오면 좋겠어

물웅덩이

한참을 기다려야 내가 보일 것이다. 심심해서 발을 슬슬 적시든지, 냅다 분탕질을 친다든지. 그러면 실패. 참을 수 있을까, 침을 삼키고 또 삼키면서. 이건 나무니까, 이건 지푸라기니까, 뒤엉켜 흔들거리는 것들 사이로 하늘을 발견할 수 있을까, 무조건 흙탕물. 파산한 얼굴이 아직 있다. 웃으려고 하는데 찌푸리고 만다. 견딜 만한 슬픔인가, 둥근 느낌 때문에 울고 싶다. 소리가 나오지 않는다. 절창인 줄 알았는데. 다시 써야겠군. 여전히 울렁거리고 있다.

당신에게 전화를 걸지도

아침에 눈 떴는데 비 온다

아직 창문이 버석거려서
나를 다 채우려면 기다림이 필요하다

우리는 서로 섞이고 있는 중,

스텝기후의 초원처럼 나는 건조했었지

더 젖어도 좋은 네 귀퉁이,
참았던 고백이 비집고 나온다

그동안 어쩌자고 빳빳하기만
했었나,

너는 반가운 습지, 끝내 감상을
한 웅덩이 만들어놓는다

비춰볼 게 많아서 하루가

바쁘겠다

반가운 얼굴도 보인다

네가 온다면

한 문장이 궁금해, 허겁지겁 뛰어들어가 컴퓨터 자판을 간절하게 두드리고. 다시 나무에게 물어보거나 뜨거웠던 순간을 입에 물고 중얼거리기 위해, 어둡거나 비가 오거나 신을 신고 홀린 듯이 길을 나섰던, 더하여 꿈에서 꿈을 꾸며 밤을 뒤척이던 조갈증 같은. 하지만 또 설레도 나쁘지 않음.

저런 빨강

앵두, 한철이다
앵두 같은 입술, 잠깐이다

이렇게 투덜대는 건 심술이다

욕망은 날뛰는 심장을 닮아서 빨갛지
노랗게 발현된다면 나는 킥킥 웃지

앵두, 앵두, 앵두
입안에서 굴러다닌다

새큼한데 앙큼해서 끌린다
되바라진 젊음이 솔직해서 좋다

질투나 안 하면 품위는 유지하는 셈,

저녁달

불꽃 축제가 끝났다

터벅터벅 돌아오는 길,

주목받지 못한 저녁달이 저기 있다
처연한 시선에 마음이 켕긴다

어떤 불꽃은 현재를 위한 박수였지

탄성은 탄식과 비슷하다
짧게 타오른다

쏟아버리고 단숨에 가난해지듯이

슬픔과 기쁨이 람바다를 추듯이

우르릉거리는 소리는 환청이다

달빛이 내 얼굴을 힐끔거린다
〉

남아 있는 마음이 없다면
찬란할 것도 없는 거지

노란 꽃

이곳에 고여 있는 것이 많다

수없이 만나고 헤어지던 그 자리,

꼭 너여야만 했던 이유,

익숙한 얼굴이 피어나고 있다

끝까지 함께하지 못하였으므로,

온 방에 노란 칠을 했지

다시 시작하지 않을 것이다

거울을 깨뜨리면 숨겨놓은
쪽지가 나오듯이,

묻고 싶은 소식들이 있다

라, 라, 라

우물쭈물 설렌다

네가 저기서 걸어오는 걸 보고
화들짝 책상 밑으로 숨었던 기억,

편지도 바로 건네지 못해
네가 빌려준 책 속에 넣어서 보냈지

그걸 너는 못 보고 다른 애에게
또 빌려주는 건 뭐야

우리 학창 시절은 1층과 2층 사이
계단참에서 하던 약속이었어

유월의 날들처럼 들떴지

라, 라, 라

날아갈 듯 아직은 앉아 있는
작은 새처럼,

너는 어쩔래

꽃은 돌아보면 지고 있어

나는 오늘부터 걷기로 했지

길을 죽죽 늘리면서 말이야

돌아오면 사랑은 또 아귀가
맞지 않아

꽃이 지지, 꽃이나 지지

장미 서른 송이

커피를 그대로 쏟아버린 날,

뻔한 이유들을 헹궈내고
장미 서른 송이

내가 나를 사랑할 수 없을까,

짜릿한 것을 원한다면,
그 붉음을 증류할 수 있다면,

긴 시간을 허비해서라도
장미수 한 잔 만들려고 한다

지칠 때 더 지치고 싶어서,
묘할 때 더 묘해지고 싶어서,

오후 네 시

사과를 조금씩 베어 물고
창가로 간다

거리에 사람들도 별로 없고,
사과할 사람도 없고

계단을 한 칸 한 칸 내려가듯
다행이다, 다행이다

은은하게 몸을 흔들어본다

문득 사과 꽃을 본 적이 없다는
사실에 이르면,

어디선가 혼자서 두근거렸을
시간들을 떠올린다

서로 외로운 것도 위로가 된다

누가 말 좀 해봐

깊은 초록만 층층이야
곧 비가 온다는 소식이 도착한 거지
오랜만에 우리를 생각해보는 자리니까,
가슴 졸이며 마른 침을 삼키지
침묵은 때로 더 거칠어
조바심 날 때 숨을 멈추잖아
오늘이야말로 위로를 받으려고 해
비는 많은 말을 축축하게 하는
법을 알잖아
증명하려고 설치던 입술아,
이제 그만!
겨울 이불 넣으려다 도로 꺼내
덮은 날처럼, 아직 안전하지
네 말을 들을 때 오히려 내가 잘 보여
웃비가 느껴져
온몸이 귀가 되어 오목하게
기다리고 있어
다들 건너편만 쳐다보고 있잖아
누가 말 좀 해봐

출구

작은 여자아이다
내 손을 잡고 저쪽 공터로
가자고 잡아끈다
별도 없는 이곳엔 녹슨
시소가 있다
반대쪽 감정이 궁금해서
땅을 구르곤 했었지
갑자기 울적해져,
여기서 나가고 싶어졌다
아이는 순간 주름 많은 치마를
펼치며 나랑 놀자,
두 손을 맞잡고 빙빙 돈다
나는 피식,
너는 뭘 몰라,
신에게 한 약속이 떠올랐다
이 어두운 곳을 빠져나간다면
당신 앞에서 말도 안 되는 춤을
추겠다고,
아이에게 이런 말까지 할 필요는

없겠지
우리는 각자의 궁리에 빠져,
손을 놓고 있다

기도가 필요한 시간

얼른 라디오를 켠다
"초속 19미터의 바람이…"

뮤지컬 안나 카레니나 현수막은
거의 뜯겨나가고 있잖아
솔직한 욕망이었으나 고통으로
찢겨나간 여인이었지
애잔해지는 기분을 빗방울이 때리고,

역시 봄은 심통이 반이야
일이 잘 풀리려면
행운 이상이 필요해
저 차는 어쩌자는 건지
이 날씨에 차선을 넘나들고, 어디로
날아갈 작정인가,

갑자기 배가 고프네
그 친구는 아들 때문에 머리를 싸매고
있으니 불러낼 수도 없고

가서 라면이나 먹을까,
막막함이나 베고 잘까,

그나저나 어제 핀 목련은 어떻게
되는 거야?

3부

눈 오는 날

아이가 걸어가고 있다. 눈에는 눈길도 주지 않고, 누구에게 문자를 보내는지 길이 골똘하다. 나는 지나가는 아이가 무슨 마스코트라도 된다는 듯, 눈으로 행운을 좇고 있다. 이 환희를 보시오, 하얗게 새어 나오는 한숨을 들으시오. 깨끗하고도 더러운 눈의 감정을 아이는 모르겠지. 펑펑 쏟아지는 마음도 좋아하는 방향이 있어서 바닥의 화살표는 직진이 아니다. 화해되지 못한 파편들이 오른쪽으로 몰려가고 아이도 멈췄다. 엇갈린 정경은 쌓일 수 있을까,

메타세쿼이아가 붉어졌다

나무는 차갑게 불타오른다

붉은 머리를 흔들며 붉은 햇살에 붙들려서
붉게 질문하면서

어디로 가려고 그래?
준비는 다 된 거야?

나는 아무개의 슬픔을 모른다

다만 눈동자가 빠지도록 눈물이 배어나오는
순간을 알고 있다

절절한 분위기는 빠르게 퍼지지

알 수 없는 비행기 소리가 두려움을 거리에
퍼뜨릴 때,

멀리까지 가는 주문을 외운다

오타루

오래된 죽음이 서성인다
눈이 녹아서 질척거리는 성가심은 덤이다
거리를 헤매다가 좀비처럼 허옇게 웃고 마는 곳
그래서 어색하고 춥다
풀지 못한 슬픔을 데리고 왔으나 놓을 곳을 찾지
못하고 계속 걷는다
그래, 초콜릿 가게로 들어가야지
마음껏 드세요, 마지막 만찬입니다.
점원의 표정은 간결했다
다시 거리엔 우산을 접은 유령들이 흘러가고,
여기저기 켜놓고 끄지 못한 오르골 소리가
각자의 밥그릇에 수북이 쌓인다
이것은 위령이다, 위령이다
조금 더 가면 운하가 나올 것이니
거기까지 가려면 영혼을 든든히 채워야겠지
백 년 된 창고는 자꾸 눈에 거슬리고,
어두운 곰팡내를 피워댄다
구름도 자꾸 피어나서 햇볕을 삼킨다
가벼운 것이 자꾸 날리는 난간에

몸 기대지 말고,
멈춰 선 철길을 찾아가자
눈은 반쯤 감고 고개는 옆으로 돌린 채
이곳을 기억하자,

벽화 앞에서

많은 문들을 보시라,
누구든지 문을 열고 나올 수 있다고
말한 사람은 누구였던가
문고리를 찾는 사람은 소수일 것이다
어둠 속에 산다
나침반은 잘 보이지 않아,
덕지덕지 붙어 있는 갈색 이파리들은 아직도
출구를 더듬는, 손자국들이다
속으로만 자지러지는 절규다

옷을 뒤집어 입고

겨우 일어나서 악수를 건네면
너는 잡을 수 없는 손을 내밀었잖아

할 말이 많았는데 지금 할게

거울 보고 알았지

진실은 때로 남루해서 그동안
보여줄 수 없었을 뿐,

수다가 늘어날수록 너는 몸을 숨겨

유리는 아무리 닦아도 늘 이렇지

네가 낄낄거릴 때 일어서는 솔기들!

털이 촘촘한 시궁쥐 자세를 해볼까

궁색해져서 까불고 있어

구름의 내면

이력이 깨끗한지,
몇 개의 도시를 넘어왔는지,
그런 질문은 사절이에요

뭉게뭉게 의뭉하다구요?

아침에 기도를 했고
이마는 금세 닦아놓은 수정처럼
빛날 거예요

꼬리를 감추고 돌아가는 줄 알았죠

사랑으로 부풀었으나 곧 아픔으로
돌아옵니다

당신의 비둘기는 보내지 마세요
처음부터 믿을 수 없는 집이랍니다

문제가 많아 보이나요,
말소리 듣고 싶나요

다 거짓말이었어

창밖으로 새 한 마리 빠르게 내리꽂힌다
날카로워, 달려드는 줄 알았다
나는 실눈을 뜨고 키득키득
나만의 방식으로 욕을 하며 돌아섰지
몇 발자국 걷는 동안에
가슴으로 우박이 쏟아지는 느낌
숨을 곳이 없어서 아까 그 새를 생각했다
나는 자유로운 인간일까,
얼른 냉장고에서 토마토를 꺼내고
있는 야채에 올리브유를 끼얹어서
씹어보았지
이 사이로 붉은 색깔들을 짓이기며,
진한 것들이 항우울에 좋다고 했어
고개를 끄덕인다
유리창에 입김 불 듯, 뱉었게 했던 말
다 거짓말이었어,

노을과 통화 중

너는 주황 빛깔이 좋다고 했다
기분이 맨들맨들해진다면서,
우리는 따뜻했지만 곧 울컥했다
나는 음양탕을 권했다
이름이 왜 그러냐고 네가 킥킥 웃었다
하긴 내가 더 응큼하긴 하구나
우리는 서로에 대한 이야기를 했지만
상처에 대한 것이 대부분이었다
많은 전등을 가슴에 달았고, 또 그것을
끄느라 진땀을 빼는 나날이었다
네가 내 영혼을 그림으로 그려주면
좋겠구나
빛이라는 것이 남아 있기를,
너무 오래 서서 통화했더니 다리가
아프다, 그래도
네 목소리가 점점 작아져
계속 이 나무 저 나무 얘기를 했다
뭐라도 붙잡는 심정이었다
재미없다고 할까봐,

자꾸 토하고 싶다고 할까봐,
너는 부끄러움이 더 튀어나오기 전에
자야겠다고 했다
너는 몰래 울고 있었고 나도 드문드문
울었다

가을이라서

바스락거리기 위해서 여기까지 왔습니다

물기를 조금씩 버리고 있습니다

이쪽에서 저쪽까지 길이 웁니다
서로를 안아줄 레가토이기도 합니다

신발을 털고,
계절을 담을 가방을 챙기며,

온전한 아픔이었습니다
또 반쪽의 위로였습니다

같이 가주세요
붉은빛이 수런거리는 광장까지,

옥천

우리는 여행을 갔다
지도에 나오지 않는 습지와 단풍을
만났다
그렇다고 차에서 내린 건 아니다
탄성은 주머니 속으로 들어가고
배가 고팠다
옥천에 유명한 맛집을 찾아가기로 했다
여기가 어디야,
깔깔거리며 낮은 단층집으로 들어가려다
관광지도가 근사해서 몰려갔다
옥천군 청산면 백운리, 아버지 본가였다
구불거리는 길로 어린 아버지 자전거 타고 간다
웃음이 하얗게 비틀거린다
곧이어 논두렁 아래로, 내가 운동 신경이
없는 건 모두 아버지 탓이다
이제는 투덜거릴 수도 없어 조금 밀려나 있는
산들을 둘러본다
어여 와, 하는 말소리 들리는 듯 우리는
식당 안으로 들어섰다

깊은 색

약점을 드러낸 것의 색은 깊다
전적으로 붉지도, 노랗지도 않다
아마도 자신감을 잃은 시간들이
있었겠지
오묘하다는 말은 속도 모를 때
나오는 말이지
굳이 말하고 싶어서 안달난
목소리는 당당하다
굳이 말 안 해도 될 것이
늘어나면 구겨지기 시작한다
강한 사건들이 생긴다
피하지 못했으므로 주름으로
남는다
그해 바람과 질긴 비와
죽다가 살아난 벌레들의 발자국을
기억해야 한다
길바닥의 낙엽들이 마지막 색을
토해내며 엎어져 있다
연민은 여러 색의 합친 색이다

퇴폐적인 기분

중얼거리는 노래가 있어
상처가 많이 나버린 음반처럼,
집에서 입는 옷처럼, 아주 익숙하지
머리 감을 때 부르는 노래, 될 수 있으면
도돌이표가 많은 노래를 좋아해
나는 계속 젖어 있고 싶거든
낯선 것이 싫어서 긴 노래를 불러
질퍽거리면서 서로의 얼굴에 흙을 묻히는 노래
다음에 또 만나자,
다음에 더 더럽게 만나자,
후박나무 곁을 지날 때 너는 막말을 했지
너는 자연스럽게 웃었고,
어찌할 바를 몰라서 나도 웃음을 선택했어
하루 만에 모든 것이 지나가버렸어
너무 많이 걸어왔나봐
걷다가 어느 지점에서 뒤를 돌아보는 일
거리가 새삼 깨끗해서 질겁을 하며
차라리 계속 걷기로 하지
될 대로 되라,
화단에 곱게 덮여 있는 온갖 낙엽들을
보면 퇴폐적인 기분이 들곤 해,

누구신지요

이름을 놓치는 때가 온다

낙엽은 지나온 날을 어떻게
설명해야 할지 모른다

이제는 게으른 무덤이 되었다

기대면 기대지던 여름의
느티나무를 기억해보자,

선량한 기운은 골목을
덮었었지

남아 있는 것이 없다고
느낄 때 아름다움이 절실해진다

아쉬움은 우리의 얼굴이다

누구신지요,

다시 돌아오는 것들

저녁이라서 부는 바람, 저녁이라서 우는 새소리
앞서가며 멀어져가는 발자국들처럼,
계속 찾고 있다, 다시 사랑할 계절을
나를 기억하는 창문은 열어두어야겠지
가득 차 있다면 돌아올 수 없을 것이다
화단에 토끼풀도 엉겅퀴도 공터가 있어서
작년과 같은 자리에 삶을 수북하게 풀어놓을 수 있는 것

황혼은 돌아오기 좋은 시간, 발걸음 소리가 들린다
떠나간 구름들 대신 빠르게 돌아오는 구름은 파스텔 빛깔
놀이터에서 놀던 아이들이 하나 둘 돌아간다
부르는 음성이 있었을 것이다
떠오르는 대로 노래를 흥얼거려본다
음이 고르지 않은 노래는,
이정표를 새로 쓰라고 말하는 듯하지
네가 기다리고 있어서 나는 토끼풀도 되고 엉겅퀴도 된다

부디 황혼 안에 머물기를

햇볕에 시달린 나무들이
무성한 이야기를 침착하게 꺼낸다

외롭지만 친근한 눈빛으로,

초록이 깊어지면 그 자리에
어둠이 기다리고 있다고,

뱉을 수 없을 땐 기대어 숨는
것도 방법이지,

공기가 식어서 고요가 낮게 난다

그렇다고 테니스 코트에서 나는
소리까지 싫은 건 아니다

한가한 기분은 소중하다
생각은 제 갈 길 가고,
〉

여전히 달그락거리는 것이 있다면
좀 더 따라가보자

늘 번잡했으므로 들고 있던 마음을
떨어뜨릴 때가 많았다

4부

구석이 살아난다

봄이 에스자로 불어오고 있다
묵묵했던 사람들이 거리로
쏟아져 나온다
바람이 움직이니 모두 분주하다
단순한 나무인 줄 알았는데
걷다보면 꽃, 꽃, 꽃
구석구석 살아나고 있다
죽음을 뒤집어놓는다고 모두
삶이 되는 건 아니지만
박자를 맞춘다면 이런 식으로,
노래를 부른다면 절실하게,
무거운 옷을 하나씩 벗듯이
겨울 이불을 내다 널 듯이
가벼움을 입으면서,
신기한 일이 없다고 생각했다면
오로지 두리번거릴 것
무턱대고 눈을 반짝거릴 것

나비야 놀자

여름 한낮, 아랫배를 슬쩍 내놓고 잠든 아기의 숨소리는 온몸이 악기통이다. 아직 세상을 모르는 음표는 고르다. 재미난 꿈을 꾸는지 한 번씩 입꼬리가 올라갔다가는 다시 냠냠, 햇볕을 밀어낸 반그늘은 안전한 요람이야. 무서운 이야기는 책 속에나 있는 것. 배꼽을 트럼펫 밸브처럼 볼록거리면 코끝으로 나비가 놀러오는 건 한순간이지. 날갯짓하는 호흡아, 포시랍게 자장자장.

빙고

새로 생긴 카페까지
걸어가보기로 했다
가장 중요한 포인트는
무릎의 방향이었다
무릎은 당연히 정면을
보고 있는 줄 알았는데
구경하다가 제멋대로
돌아간다
허리를 펴고 무릎 사이
간격도 적당히,
두 번째 발가락을
비틀어지지 않게 해서
경쾌하게 고관절을
움직여본다
자연히 어깨는 펴지고
시선은 몇 미터 앞
목련을 향한다
목련은 특유의 건치를
드러내며 환하게

웃고 있다
나와 시선이 딱 마주치자
빙고!

충분해요

뜻밖에 소박하다

충분하다는 말,
수화로 해보면

자신의 어깨에서 어깨까지

하품하듯이 기도를 하고
눈물을 닦아도 좋다

나는 매일 우체국에 간다

그리움이 출렁거린다. 큰 가방에다 연일 파도치는 것들을 차곡차곡 넣고, 우체국으로 간다. 그곳은 어떤 사연이든 개의치 않는 곳. 창구 직원은 사생활을 존중한다. 무조건 저울에 달고 카드기에서 경쾌한 소리만 나면 끝. 짠내 나는 것들 거두어 간다. 나는 미적거리며 사실은 제가 이렇거든요. 물론 속으로만 한 말. 오후의 쓸쓸함은 가벼워졌는가, 빈 장바구니처럼 물물교환이 되지 않은 느낌. 여름 나무는 무성해서 다시 바다 냄새를 일으키고, 내일 또 그리운 것들이 밀려올 것이다.

오늘 강

내 생각은 한 곳만을 보고 있을까,
책상 위의 손가락은 자주 톡톡, 딴 골목으로
달리기하는 것을 나는 안다
잠시 목적을 잊은 채 단어들을 살핀다
오늘 강남 날씨, 여기는 서울을 말하겠지
아무리 가도 나를 몰라보던 곳,
사람보다 건물과 더 많은 말을 해야 했었지
밤새 비가 얼마나 왔는지 궁금했을 뿐인데,
오늘 강, 뒤에 뜻밖의 세상들이 속속 도착했다
내가 잘 모르는 강남에도 밤새 비가 왔고,
계속 비가 올 거라고 한다
괜히 촉촉해진다 결국 전국 비,

분홍 펜

분홍은 조용히 저쪽에 있다
희열을 말할 자리를 찾지 못한 채,
조금씩 말라가고 있다
잊고, 잊고, 잊고
그래도 아직 분홍이다

지금은 여름이고 장마철인데
예쁘다 하고는 언제 잊어버렸나
색깔이 분홍이니 봄에나 어울린다고
생각하다니,

쓸 수 있다, 써진다
의미가 없어도, 말이 맞지 않아도
느낌은 흘러나온다

분홍이 구멍을 내고 있다
마른 우물처럼 먼지바람이 날린다
윙윙거리며 우는 소리,
예전에 품에 품던 다정함을
까먹고 사랑을 잃었다고 짐작한다

여기서 봄이 잘 보인다

봄이 걸어온다
연노랑 빛 겉옷을 입었다
자세히 보지 않아도 화사하다
아직 바람이 차가운 것은
우리가 감당해야 할 돌멩이 같은 것
내 가까이로 오는 듯
골목으로 쏙, 들어간다

봄이 다시 걸어나온다
이번엔 좀 더 얇은 옷을 입었다
젊은 혈기라서 햇살을 믿는 것 같다
눈빛은 자연스럽고
웅크리지 않은 어깨엔 가방을 메고 있다
아직은 단단한 봉오리들 들어 있겠지
내가 아는 그 설렘이겠지
발걸음도 가볍게 육교 계단을 내려간다

날씨가 왜 이래요

오랜만에 해가 났어요. 갑자기 계획이 많아졌어요. 나도 싱그러울 준비를 하고 있죠. 모르는 사람에게도 미소를 지을 거예요. 꽃집 유리문 밖에서 꽃구경도 했어요. 꽃집은 쉬어도 내일은 조금씩 피고 있었죠. 오가는 사람들은 지금 기분 모를 거예요. 그래도 순하게 표정을 스치며 돌아왔지요. 그동안 못 읽었던 책을 읽으면 되겠어요. 나무에 관한 책인데 나무들도 인류의 역사만큼 해낸 일이 많더군요. 나무 이름을 많이 알고 싶다는 생각을 했어요. 주전자에 물을 끓이려고요. 구름이 빠르게 모이네요. 겉옷 속으로 불안한 바람도 불어요. 오늘을 열었다 닫았다 해요. 날씨가 왜 이래요?

슬픔이 구구구

비둘기가 이리저리 뒹굽니다
4차선 도로 위, 어쩌다가
몸통이 반만 남았네요
죽음조차 고요할 수 없군요
차들은 맹렬하게 달려드는데
바퀴를 피하며 아직은 통통한 몸을
유지하고 있습니다
제법 큰 까마귀 두 마리가
사실은, 식사 중입니다
날카로운 부리로 정확하게 비둘기의
기억을 뜯어내고 있습니다
괜히 종종거렸구나, 괜히 부지런했구나
슬픔이 구구구,
여기가 도심 한가운데라는 것은
중요하지 않은 일이지요
동물의 왕국을 촬영하는 것도
아닙니다
비둘기도 까마귀도 무슨 죄를 짓고
있는 건 더더욱 아니지요

자꾸만 작아지는 비둘기의 영혼을
누가 거두는지 묻지 않는 게 낫겠습니다
저기 신호가 파란색으로, 차들이
다시 시작하고 있습니다

무늬

우리는 헤어지고 나서야
무늬를 보게 된다
끝까지 담백하려고 하였으나
감정을 남긴다
그것은 그림자이거나, 그늘이거나
부풀지 않는 특색을 가진다
결이 촘촘한 기록처럼
추웠다 더웠다 한 자국이 있다
얼룩이라고 말하는 것이
더 맞을 것이다
나무 밑에 서면 검은 구름 같은,
구름 아래를 지나면 더욱 산란하는,
무겁지 않다 소리도 없다
실금을 그리듯 스며드는
방향으로 사랑한다
우연히 새겨진 뒤에는
강한 표정을 가진다
네 안에 남은 나의 무늬는
어떤 문양일지,

雨요일

어디로도 갈 수 없는 창문은

먼 데 보는 얼굴만 갈아끼우고 있다

안톨로기아

꽃은 지상의 낮은 곳에 있다. 점점이 빛을 낸다. 어두운 방에 불을 밝히듯, 말하기 시작한다.

그리스인들도 꽃을 따서 모으는 것을 시라고 생각했다. 내가 찾아갈 미스트라스 성채여, 호젓한 꽃들 사이에서 울고 있으렴.

꽃의 물소리를 들은 자, 꽃이 내는 신음소리에 손을 뻰는 자, 하던 말을 머금는다. 나아가서 꽃은 때로 별이 된다.

아침 일기

상처에 대해 계속 골똘할 것이다

지난밤은 끈덕지게 지나온 시간을
헤집어놓았다

모든 사람을 이해할 수 있을까,

욕실에 액체비누를
다시 사각 비누로 바꾼다

어딘가 보드라운 속내를 찾아보자,

세수를 하고 아침 일기에 쓴다

2월

내뱉는 입김이 공기를 데운다

가파른 바위산을 조심스레 내려오는
하얀 염소처럼,

내려오다가 주위를 둘러보고 눈을 맑게
뜨는 두 발처럼,

내향적인 들판에 귀를 기울여본다

바람의 입은 훈풍을 노래할 것이다

나는 어딘가로 갈 생각이다
신성해지는 돌을 안고,

해설

응시, 혹은 주체의 심연으로 다가서기

박성현(시인 / 문학평론가)

1

인간의 오감 중에서 사물의 전체를 통찰하는 것은 단연 시각일 것이다. 그것은 주체 앞에 놓인 사물을 하나의 대상으로 기획하고 설계하며 그 의미들이 '나'를 비롯한 '세계-속-에서' 충분히 작동할 수 있도록 반성한다. 물론 다른 감각들과의 상호작용을 통해 물(物)-자체를 의식 가운데에 입안할 수 있겠지만, 이 중에서 사물의 형상을 내면에 투사하도록 한다는 점에서 시각이 인간의 정신과 육체 모두에서 차지하는 위치는 특별하다. 우리가 사물의 모양을 분별할 수 있게 하는 이른바 형상은 오로지 '시각'과 그것이 산출해낸 '효과'에 기인한다는 것을 떠올려보

자. 그 사물이 자신의 고유한 형상을 유지할 수 있도록 만드는 유기적이고 일관되며 통일적인 흐름들은 시각의 거칠고도 섬세한 나타남을 통해서 우리에게 발현된다.

우리에게 '시각'만큼 그와 연관된 많은 단어를 이끌어내며 다양한 함의를 파생하는 감각이 또 있을까. 아마도 없을 것이다. 명사는 차치하고 동사로 한정하더라도 '보다'라는 기본형과 이웃한 단어들-훔쳐보다, 노려보다, 째려보다, 들여다보다, 관조하다, 관찰하다 등등-을 셀 수 없을 만큼 찾아낼 수 있으며 그것을 매개로 무한히 확장하는 수다한 단어들도 쉽게 발견할 수 있다. 만일 '시각'의 경계가 머릿속에 그려지는 '상상-이미지'로까지 확대된다면 단어와 단어 사이의 경계는 재배치되며 시각화된 단어들의 연쇄가 빚어내는 매혹적인 환영-예컨대, 바슐라르의 존재론적인 '떨림'-을 충분히 표현하는 단어들도 이끌어낼 수 있다. 요컨대, "가파른 바위산을 조심스레 내려오는 / 하얀 염소처럼, // 내려오다가 주위를 둘러보고 눈을 맑게 / 뜨는 두 발"(「2월」)에서 보여주는 '시각'은 '응시'로써 더욱 깊어지고 '상상'을 통해 비약한다.

그런데 고은수 시인은 왜 이러한 '응시'를 시작(詩作)의 심급으로, 주요한 방편으로 삼았던 것일까. '응시'가 대상으로부터 무한한 가능성(잠재력)을 이끌어내기 때문일까. 아니면 구체적이고 세밀한 '운동-이미지(상상)'까지도 포획하는 그 강력한 확장성 때문일까. 이유가 무엇이든 주목해야 하는 것은 시인이 사물을 향해 그물망처럼 던진 이 '응시'가 단순한 형상의 기술, 혹은 1차원적 묘사 등으로 기능하지 않는다는 점이다. "남아 있는 마음이 없다면 / 찬란할 것도 없는"(「저녁달」) 것으로, 시인이 포획한 대상과 시인 자신의 감각적 상승 혹은 재편을 유발하면서 역동적 이미지를 창출하고 있는 것이다.

후술하겠지만, 이러한 시인의 '응시'는 '아침에 쓰는 일기'와 같다. 그에게 아침의 일기란 지난 하루의 시간을 헤집어놓으며 상처에 대해 골똘하고, 그 반성으로써 이를테면, 욕실에 액체비누를 다시 사각 비누로 바꾸기도 하는, '어제'라는 시간을 '객관화'-혹은 멈춤을 통한 '거리두기'나 '현상학적 에포케'-하는 시간인 동시에 시인에게 열린 '오늘'의 형상들을 새롭게 빚어내기 위한 잠재적 '주관화'의 시작점이다. 혹은 "얼마나 걸어야 한 줌 / 머리카락만큼 가벼워질지, // 모양을 바꾼 바람과 / 잎을 새로 칠한 나무와 / 차근차근 어두워지는 황혼에 / 물어봐야 한다"(「다시 걷기」)라는 문장처럼 내일을 위한 단호한 질문이기도 하다. 시인은 이를 「아침 일기」에서 이렇게 형상한다; "상처에 대해 계속 골똘할 것이다 // 지난밤은 끈덕지게 지나온 시간을 / 헤집어놓았다 // 모든 사람을 이해할 수 있을까, // 욕실에 액체비누를 / 다시 사각 비누로 바꾼다 // 어딘가 보드라운 속내를 찾아보자, // 세수를 하고 아침 일기에 쓴다."

2

그러므로 고은수 시인에게 있어 '응시'란 세계 속 사물들의 저 우연하고도 무질서한 분산(chaos)에서 '일관된 깊이'를 보는 것이다. 또한 자율적으로 작동하는 의미를 잘라내고 그 '너머', 곧 사물의 '공백'과 '없음'까지도 찾아내는 것이다. 이때 응시하는 자는 대상에 자신을 기입하는 과정에서 대상이 그의 시선을 투사한다는 묘한 기시감에 빠지게 되는 바, 그는 '깊이'와 '부재'(공백 혹은 없음) 사이에 각인된 모든 고통과 열락(悅樂), 배제와 금지, 소통과 포용의 불가해한 변증을 읽어내게 된다. 헤어지고 나서야 눈에 들어오는, 사물들의 절박한 표징과도 같은 것.

여기서 '표징'이란 일종의 '무늬'로서, 대상에 대한 '나'의 기입을 확인하는 행위의 연장이다. 시인은 "여름 한낮, 아랫배를 슬쩍 내놓고 잠든 아기"(「나비야 놀자」)의 볼록 튀어나온 배를 보고 여기에 '악기통'이라는 순백의 사물을 새겨 넣기도 하고, "길바닥의 낙엽들이 마지막 색을 / 토해내며 엎어져 있"(「깊은 색」)는 그 쓸쓸한 풍경 속에 여러 색을 합친 '연민'을 덧칠하기도 한다. 결국 이 표징의 심급은 "그림자이거나, 그늘이거나 / 부풀지 않는 특색을 가진다 / 결이 촘촘한 기록처럼 / 추웠다 더웠다 한 자국이 있다 / 얼룩이라고 말하는 것이 / 더 맞을 것이다 /

나무 밑에 서면 검은 구름 같은, / 구름 아래를 지나면 더욱 산란하는, / 무겁지 않다 소리도 없다 / 실금을 그리듯 스며드는 / 방향으로 사랑한다 / 우연히 새겨진 뒤에는 / 강한 표정을 가진다."(「무늬」)

3

정도의 차이는 있겠지만 우리 대부분은 '응시'를 통해 좀 더 깊이 사물로 향하고 사물의 심연에 닿는다. 그리고 이러한 통행을 통해 주체는 대상-속-에 '여백'을 만들고 그것을 통해 의미들의 자유분방한 상상이 가능하도록 수정한다. 역설적이지만 응시-함이란 오히려 우리가 스스로를 활짝 열고, 스스로에게 한 걸음 더 다가서는 일이 아닐까. 무엇보다 시인은 '응시의 메커니즘'을 이렇게 풀어낸다.

어디로도 갈 수 없는 창문은

먼 데 보는 얼굴만 갈아끼우고 있다

—「雨요일」 전문

이 생경하고도 놀라운 문장을 천천히 읽어보자. "어디로도 갈 수 없는 창문"이라는 첫 행의 문장을 통해 마치 압핀으로 단단히 고정되어버린 주체의 우울과 멜랑콜리가 쏟아진다. 그런데 곧바로 "먼 데(를) 보는 얼굴"이라는 문장이 이어지면서 화자는 자신이 하던 일, 혹은 해야만 하는 행동을 정당화하고 주의를 집중한다. 이것이 바로 '응시'다; 대상에 붙박임, 주체의 움직일 수 없음, 그러나 더욱 더 대상 속으로 파고들어야 하는 운명, 곧 보고자 하는 의지와 용기.

간과해서 안 될 것은, 이 (먼 데 보는) 얼굴이 복수로 제시되고 있다는 점이다. 주체는 '단일' 주체로서 고정되지 않고, 무수한 방향과 규칙으로 점철된 일종의 '겹핍'과 '혼돈'의 주체로서 등장한다. 물론 대상의 이면들을 똑바로 보기 위한 어쩔 수 없는 선택이겠지만, 화자의 '얼굴'을 복수(複數)로 산정하고 '먼 데'를 자신의 풍경으로 수렴하도록 만든 것은 세계에 닿고자 하는 시인의 은밀한 욕망들이 아닐까. "여름을 넘긴다 / 다음 페이지에는 헐렁한 창문이 / 있을 거야 / 오늘은 아니네 / 매미 소리 가득한 창을 그대로 오려서 / 어디론가 데려가고 싶다 / 나는 언제부터 나였는지, / 내가 순결하기를 바라다니 생각할수록 / 웃긴다"(「회복기」)라고 하는, 바로 그 창에 덧붙여진 욕망의 더미 말이다.

때문에 시를 주의 깊게 읽으면 읽을수록 화자의 행동에는 뭔가 불편한 얼룩들이 읽혀진다. 그는 대상이 자리 잡은 좌표를 정확히 지시하지 않고, 그 모습 또한 실사(實査)하지 않는다. 모호함을 걷어내는 것이 아니라 오히려 '모호함'으로써 대상을 고정시키고 그 자체로써 받아들인다. 그 '얼굴'이 바라보는 곳은 멀리 있다. 바라보는 자와 그 대상의 물리적 거리는 측정 불가능하다. 왜냐하면, 완벽한 심리적 거리이기 때문이다. 손이 닿는 지척일 수도 있고, 까마득해서 영원히 도달할 수 없는 무릉(武陵)일 수 있다. 그러니 그 표정들이 정체를 드러내지 않고 모호함 속으로 숨어버리는 것은 당연할 수밖에.

그럼에도 불구하고 이 '먼 데'라는 불확정적 장소가 시인이 찾고자 하는, 혹은 도달하려는 목적지로서의 뚜렷한 표징을 갖고 있다는 점이 문제다. 이 '표징'이란 온갖 물리적 속성-이를테면 무게나 거리, 밀도와 좌표 등-을 무력화시키는 불가능성의 '가능성'이다.

꽃은 지상의 낮은 곳에 있다. 점점이 빛을 낸다. 어두운 방에 불을 밝히듯, 말하기 시작한다.

그리스인들도 꽃을 따서 모으는 것을 시라고 생각했다. 내가 찾아갈 미스트라스 성채여, 호젓한 꽃들 사이에서 울고 있으렴.

꽃의 물소리를 들은 자, 꽃이 내는 신음소리에 손을 뻗는 자, 하던 말을 머금는다. 나아가서 꽃은 때로 별이 된다.

—「안톨로기아」 전문

화자는 지상의 낮은 곳에 있는 꽃 한 송이를 보고 있다. 시간을 두고 오래 지켜보면 볼수록, 그 꽃은 점점 빛을 내기 시작하더니, "어두운 방에 불을 밝히듯" 빛의 말을 흩뿌리는 것이다. 화자는 자신이 방문할 그리스의 호젓한 '미스트라스 성'을 생각하며, 언젠가 들었던(혹은 읽었던) 그리스인들의 시에 관한 이야기를 기억해낸다; 그들에게 시는 "꽃을 따서 모으는 것"이다. 시와 꽃의 등가(等價)가 상징하는 것은 언어와 존재의 일치성이다. 존재의 존재-함이 자신의 윤리적 매듭을 견고하게 묶고, 입체적으로 공유되는 세계에 더욱 더 많은 구멍을 내면서(多孔) 의미들이 꽃 피울 수 있는 조건을 마련하는 것이다. 이러한 이유로 꽃은 인간의 언어 속에 각인되고 인간의 고통과 타락을 무화시킬 '정화'의 구도(構圖)로 변한다.

다만, 꽃은 '물소리'와 '신음소리'와 결합되면서 인간 그 자체로 전이되고 결국에는 우리의 심미적 고향인 '별'로 수렴되는데, 이를 통해 꽃은 지상의 세속에서 출발해 순수한 인간의 본질로 응축되고, 나아가 숭고한 '별'의 높

이에까지 이르는 것이다. 이 같은 꽃의 불가능한 여정은 '지상-의-꽃'이라는 단순하고도 전치 불가능한 '확정성의 폐기'로써 가능해지며, 이로써 '모호함'에 대한 화자의 응시는 '꽃(인간)-지상(세속)-별(정화)-지상-꽃'이라는 그 원대한 순환-구조를 완성한다.

따라서 앞서 언급한 ('먼 데'에 함축된) 풍경의 왜상(歪像)은 오로지 징후(徵候)로서 나타난다. "창을 향해 걸어간다 // 복도는 덤덤하고 / 곁눈질도 주지 않아, 비가 없다"(「여기만 비가 오지 않아서」)라고 하는, 이 형상의 뒤틀림이 환기하는 것은, 그 모호함이 사실상 대상의 참-모습(혹은 실재)으로 진입하는 유일한 길이라는 것이다. 그것은 '먼 데'로밖에 제시될 수 없으며, 우리는 그 흐릿한 모양을 통해서만 그 '너머'로 갈 수 있음을 기억하자. 여기서 '응시'는 대상을 사선으로, 혹은 나선으로 가로지르는 주체의 의지와 힘을 온전히 수렴한다. "골목을 따라 장미가 산다 / 매일 오가면서 인연은 시작되었다 // 나는 자연을 꺾지 않기로 / 작정했으므로, 대신 살짝만 만지는 것"(「안부를 묻다」)이라는 문장처럼 오로지 '시선-의-닿음'으로써만 대상의 외피를 벗겨내고 그 내부의 미로에 직접적으로 다가서는 것이다. 다시 말해 주체와 사물 사이에 그어진 경계선을 변경함으로써 대상을 주체의 내부에 포섭하고 기입하는 불가해한 작용이라는 것이다. 시인은 이러한 사태를 다음과 같이 압축한다.

아무도 오지 않았으므로
나는 자꾸 바깥이 되었다

너무 적막해도 구토가 나온다

이곳에선 생활을 알 수가 없어,

나는 언제까지를 세고 있다

사람들은 어둠을 몰아내려고
노란 전등을 찾고 있겠지

서둘러 안이 되고 싶었다

벽 속에 소리가 있는 것처럼
한 곳을 응시하고 있다
—「인기척」 전문

화자인 '나'는 자신을 '자꾸 바깥'으로 만들어버리는, 구토를 불러일으킬 정도로 뜨거운 '적막'과 대면하면서도 자신의 생활을 지키려고 하지만, 어느 순간 자신에게 시작된 미세한 '틈' 혹은 내면의 '균열'을 발견하고 만다. 그는 벽에서 웅크려 있는 소리들-어쩌면 화자 자신의 몸에서 들리는, 이를테면 심장 박동이나 관절의 꺾임 등과 같은 소리이거나 혹은 오래된 건축물들에서 들려오는 균열의 소리일 것이나-이 전혀 예기치 않은 순간마다 터져 나오는 것을 듣게 됨으로써 이를 증명한다.

이러한 이상한 일이 화자에게 매일 반복된다. 처음에는 우연하고도 사소한 일로 치부되었지만, 그것이 반복될수록 불안과 강박이 들러붙으며 그 외피를 단단하게 조이기 시작한다. 그는 "서둘러 안이 되고 싶"다는 충동을 느끼는데, 그 소리가 화자의 일상을 부여잡고 뒤흔들고 있기 때문이다. 도대체 이 소리는 무엇일까. 사람들이 말하듯 '어둠'일 뿐일까. 더욱이 바깥에서는 안을 볼 수 없어 소리의 정체를 가늠할 수도 없다. 따라서 '벽 속에 소리가 있다'는 문장은 무의식중에 반복하게 되는 일종의 '중얼거림'으로 바뀌며 화자의 '틈/균열'에 파고들고, 결국에는 콘크리트와 같은 '적막'의 심연을 거의 완성하고야 만다.

우리가 주목해야 할 것은, 화자에게 이러한 시퀀스가 가능하도록 만든 근거가 무엇이냐는 점이다. "벽 속에 소리가 있는 것처럼 / 한 곳을 응시하고 있다"라는 시의 마지막 문장에서 화자가 직접 서술하듯 그것은 '응시'에서 비롯된다. 그는 이 '응시'를 통해 바깥에 고립된 자신을 '안'으로 진입시키고 또한 벽 속에서 나는 소리들의 그 이상한 가역-그렇다. 정확히 '가역(可逆)'이다-을 찾아내겠다고 선언

한 것이다. 이때 '응시'는 대상에 닿는 가장 빠른 통로로서 화자가 취할 수 있는 가장 뚜렷한 자기-방어에 다름없을 것이다. 하지만, 이 '가역'이 작품의 배치와 흐름을 급격히 단절시키면서 동시에 의미들의 또 다른 방향을 산출하는 기폭제-"헐벗기를 자청하는 나에게 / 너는 또 푸른 갑옷을 입혀준다"(「내 안의 느티나무」)와 같은-가 되고 있음을 화자는 아마 알지 못했을 것이다.

4

가끔 우리는 누군가 혹은 무엇인가가 '나'를 바라보고 있다는 섬뜩한 기분이 들 때가 있다. 일종의 가벼운 히스테리다. 그리고 (어느 거리 혹은 어느 골목을) 걷고 있는데, 갑자기 "축축 처지는 음악"(「돌아갈 수 있을까요」)이 자신에게 말을 건네는 착각도 든다. 그 "스토리가 궁금해"(「돌아갈 수 있을까요」)져 사람들의 외로움을 떠올려보기도 한다(결국 시인 자신의 고독일 터이지만). 그로부터 며칠이 지났지만, 그러나 여전히 시인에게 꽂히는 시선은 비바람처럼 서늘하고, 그가 상상하며 전하는 사람들의 외로움은 눈이 멀 정도다. 어쩌면 그것은 그가 끊임없이 재발견하는 '응시'이자 '상상'일 것이다. 그것은 서로 스며들고 결합하며 사라졌다 되살아난다. 그것은 "나는 죽지 않고 계속 살 예정이라"(「그다음 날」)는 외연의 확장과 증식, 결속과 분열을 반복하는 태어남의 본체다.

성숙하기 싫다
앞으로 나아간다는 것이 실책이다

원점에서 시작하는 것
어제를 지우고 내일을 지우고

지금도 순간은
계속 태어나고 있으니

밤이 없어지고 아침이
나에게 와 있는 것

단풍의 화려했음을 보내고
홀가분해진 나무처럼

손톱을 깎는 일,
기쁘게 출발선으로 돌아가는 일

그 선은 아름다운 힘이다

새로 무지개가 시작되는 거지

그래서 손톱을 짧게 깎는 편이다

—「계속 태어나는 일」 전문

시인은 화자의 입을 빌려 "성숙하기 싫다"고 직실한다. '여기서 더는 깊어지지 않겠다'는 뜻이다. 무슨 이유일까. 그는 우리에게 답을 주면서 단순히 "앞으로 나아간다는 것이 실책이"었다고 술회한다. 뭔가 끊임없이 되돌아보고 수정하며 고치고 더 많이 늘려나가는 것이, 투명한 물컵에 떨어진 푸른색 잉크 방울이 중력에 이끌려 하강하면서 사방으로 퍼지는 것이, 아침에 눈을 떴을 때 맞닥뜨린 이상한 고요가 균열처럼 증강하며 가슴을 내리누르는 것이 '(성숙을) 멈추겠다'는 이유로 짐작되지만, 분명치는 않다. 혹시 "한 문장이 궁금해, 허겁지겁 뛰어들어가 컴퓨터 자판을 간절하게 두드리고. 다시 나무에게 물어보거나 뜨거웠던 순간을 입에 물고 중얼거리기 위해, 어둡거나 비가 오거나 신을 신고 홀린 듯이 길을 나섰던, 더하여 꿈에서 꿈을 꾸며 밤을 뒤척이던 조갈증 같은"(「네가 온다면」) 것이었을까.

다만, 「모자를 꺼내 썼다」라는 시의 건조하지만 뜨거운 문장들-"울까 말까 생각했다 / 억울할 때는 우는 게 맞고, 거기에 대해서 /

어리광이 심하군, 하지는 않을 것이다 / 울려고 마음먹고 창밖을 보니, / 바깥도 울기 직전이다 / 이렇게 건물이 외질 수가 있나, / 햇빛이 들 수 없는 구조에 에어컨 실외기들만 / 건조하게 놓여 있다"-로 미뤄 그의 상태를 짐작할 수 있겠지만, 그렇다고 성숙의 멈춤에 대한 직접적 원인을 단정할 수는 없다.

그는 성숙하기 싫다고 속내를 말한다. 앞으로 나아간다는 결심이 실책이었다는 이유다. 그런데 도대체 왜 시인은 원점에서 다시 시작하겠다고 말하는 것일까. "어제를 지우고 내일을 지우고" 오로지 '지금'이라는 좌표에서 시작하겠다는 '갈망'은 그에게 주어진 '효과'일 뿐이다. 그러므로 화자의 '원점'이란 겉으로 드러나지 않았으나 그렇다고 해서 견고하게 숨겨야 하는 것은 아니다. 더욱이 마법에 속박(time loop)되어 시간을 반복하는 것도 아니고(영화 <사랑의 블랙홀>이나 <타임패러독스>, <타임루프> 등을 보라), 나이를 거꾸로 돌리는 것도 아닐 터인데. 아마도 원점이란 매일 '화자'에게 다르게 찾아오는 일종의 성스럽고 종교적인 '아침-맞이'일지 모른다. "지금도 순간은 / 계속 태어나고 있으니" 그의 아침은 또 다른 직관과 지성, 영혼의 공감과 마음의 결정이 교차하는 순간일 것이다.

그래서 이 순간의 '응시'는 새로운 '눈뜸'과도 같다. 아침이 내게 와 있으니, 그것은 단풍이 화려한 이파리들을 모두 떨구고 벌거숭이로, 빈 몸으로, 아무 것도 없음으로 "기쁘게 출발선으로 돌아가는 일"이다. 좀 더 확장해보면,

"가보지 못한 카파도키아를 상상하면서 / 낯설게 두근거리는 시계를 돌려"(「D-1」)보는 것과 그리고 "봄이 다시 걸어나온다 / 이번엔 좀 더 얇은 옷을 입었다 / 젊은 혈기라서 햇살을 믿는 것 같다 / 눈빛은 자연스럽고 / 웅크리지 않은 어깨엔 가방을 메고 있다 / 아직은 단단한 봉오리들 들어 있겠지 / 내가 아는 그 설렘이겠지 / 발걸음도 가볍게 육교 계단을 내려"(「여기서 봄이 잘 보인다」)가는 것을 또한 지켜보는 것이 '아침'이란 은밀한 상상의 힘이다.

명백히 "그 선은 아름다운 힘"이다. 새로운 무지개가 시작되는, 그러므로 "손톱을 짧게 깎"듯, 화자의 아침은 원점으로 되돌아간다. 물론 화자의 아침이 '눈을 뜸'으로 시작되는 것이라면, 응시는 보다 더 깊이 세계 속으로 파고드는 일이다. 그것은 정상적인 중력의 장(場)에서 일어나야 하는 것이지만, 반드시 그렇지만은 않다. 왜냐하면 그러한 '파고듦'은 오히려 가역을 수반하기 때문이다. 그렇다. 우리는 응시-함에서 일방통행만이 아닌 '가역'을 경험하게 된다. 내가 바라보는 대상이 오히려 오래전부터 '나'를 보고 있었다는 그 묘한 당혹스러움 말이다. 사실 이러한 '당혹'은 우리가 일상에서 자주 느끼는 경험의 제로-지대다.

많은 문들을 보시라,
누구든지 문을 열고 나올 수 있다고
말한 사람은 누구였던가
문고리를 찾는 사람은 소수일 것이다
어둠 속에 산다
나침반은 잘 보이지 않아,
덕지덕지 붙어 있는 갈색 이파리들은 아직도
출구를 더듬는, 손자국들이다
속으로만 자지러지는 절규다
—「벽화 앞에서」 전문

이 세계에는 우리가 열어야 할, 혹은 통과해야 할 많은 문들이 있다. 사람들은 누구든지 문을 열 수 있다고 말하거나, 혹은 문 저편에는 아무것도 없다고들 한다. 화자는 눈앞에 버티어 선 '문'을 지켜보고 있다. 어둠에 둘러싸인 채, 기름 먹은 듯 매끈한 저 '문'은 열린 적이 결코 없다는 듯 적막하고 육중할 뿐이다. 문고리를 찾은 사람은 아마도 극소수에 불과할 것이다. 왜냐하면, 나침반은 잘 보이지 않고, "덕지덕지 붙어 있는 갈색 이파리들"은 출구를 더듬었던 사람들의 절박한 손자국들이기 때문이다. 문이 있지만, 문이 열리지 않는 한 화자는 그 너머로 나아갈 수 없다.

왜 화자는 문을 열려고 하는 걸까. 이 시집의 모든 작품들이 향하는 것처럼, 안온한 질서보다는 너머로, "멀리까지 가는 주문을 외"(「메타세쿼이아가 붉어졌다」)워야 하기 때문일까. 문 안쪽에 웅크려 있는, "이곳에 고여 있는 것이 많"(「노란 꽃」)아 그것을 더 멀리 날려 보내고 싶었기 때문일까. 아니면, "네가 저기서 걸어오는 걸 보고 / 화들짝 책상 밑으로 숨었던 기억"(「라, 라, 라」)을 좀 더 오래 간직하고 싶었기 때문일까. "본 적 없는 사과꽃을 보기 위해서"일까(「오후 네 시」). 이유야 어떻든 화자는 문을 열려는 그 많은 사람들의 갈망을 결코 잊지 않고, 손자국들의 온기를 자신의 육체에 새겨 넣는다. "속으로만 자지러지는 절규"이자, "깨끗하고도 더러운 눈의 감정"(「눈 오는 날」)이라는 이중의 감정들.

그런데 문은 열리지 않는다. 손잡이가 모호하기 때문에 오히려 문은 스스로 숨기고 있다는 느낌을 감추지 않는다. 문이 열리지 않는 것은 주체의 입장이 문을 투사하지 못해서가 아니라, 오히려 남김없이 투사했기 때문이 아닐까. 수만 년 전에 그려진 벽화는 미래를 열지 않고, 오로지 현재에 집중함으로써 시간을 닫아버린다. 그러나 그 순간만이 꿈의 조각들이 하나의 퍼즐로 완성되는 시점이 된다. 이것이 그림을 그린 '네안데르탈인'과 그림을 응시하는 현대의 '화자'가 접속하고 세계가 과거와 조우하며 아직 정해지지 않은 미래를 산출하는 방법이 아닐까. 화자는 그러한 방법 속에서 봄의 사람들이 묵묵히 거리로 쏟아져 나오고, 바람은 움직이며, 나무는 꽃을 밀어내는 것을 명백히 본다; "봄이 에스자로 불어오고 있다 / 묵묵했던 사람들이 거리로 / 쏟아져 나온다 / 바람이 움직이니 모두 분주하다 / 단순한 나무인 줄 알았는데 / 걷다보면 꽃, 꽃, 꽃 / 구석구석 살아나고 있다 / 죽음을 뒤집어놓는다고 모두 / 삶이 되는 건 아니지만 / 박자를 맞춘다면 이런 식으로, / 노래를 부른다면 절실하게, / 무거운 옷을 하나씩 벗듯이 / 겨울 이불을 내다 널 듯이 / 가벼움을 입으면서, / 신기한 일이 없다고 생각했다면 / 오로지 두리번거릴 것 / 무턱대고 눈을 반짝거릴 것"(「구석이 살아난다」).

이처럼 사물(혹은 '우리')은 '응시'하고 그 응시의 너머에는 심연으로서의 자기 자신에게 이르게 된다. 이로써 우리는, '응시'가 반드시 자기와의 거리두기를 전제해야 한다는 사실에 이르게 된다. 그리고 우리는 여기서 고은수 시인이 일으켜 세운 독특한 감각의 작용을 만날 수 있게 된다. "나는 아직 많이 가야 한다 // 터널을 빠져나오자 숲이 덮쳐와, / 의욕이 덩어리째 밀려와 // 눈을 뜨라고, / 턱을 치켜들라고, // 질푸른 것들은 때로 미욱함을 못 견딘다"(「여름에 아픈 사람」)는 숙명적 의지를 자각한, 응시 너머의 것들;

분홍은 조용히 저쪽에 있다
희열을 말할 자리를 찾지 못한 채,
조금씩 말라가고 있다
잊고, 잊고, 잊고
그래도 아직 분홍이다

지금은 여름이고 장마철인데
예쁘다 하고는 언제 잊어버렸나
색깔이 분홍이니 봄에나 어울린다고
생각하다니,

쓸 수 있다, 써진다
의미가 없어도, 말이 맞지 않아도
느낌은 흘러나온다

분홍이 구멍을 내고 있다
마른 우물처럼 먼지바람이 날린다
윙윙거리며 우는 소리,
예전에 품에 품던 다정함을
까먹고 사랑을 잃었다고 짐작한다
—「분홍 펜」 전문

분홍이, 저쪽에 있다. 사물의 자리라는 것이 원래 말이 없는 것이어서 분홍의 자리는 명징하리만큼 조용하다. 그런데 그 분홍은 자신이 완연히 피어났던 그 시간에서 아주 멀어지는지, "희열을 말할 자리를 찾지 못한 채, / 조금씩 말라가고 있다." 물론 이 말라가는 자세는 자연의 위대한 법칙과 시간이 새겨 넣은 흔적 때문이다. 색이 희미하게 바래지는, 그 참혹한 현실을 바라보면서 화자는 분홍을 "잊고, 잊고, 잊"으려 한다. 그러나 주체할 수 없을 만큼 난폭한 망각에도 불구하고 "그래도 아직 분홍"이다.

분홍이 있다. 손이 닿는 거리다. 지금은 여름이고 아직 장마철이지만, 분홍은 제 이름을 잃어버린 채 조금씩 말라간다. 아무리 잊으려 해도, 분홍은 분홍의 자리에서 고요하다. 희열로 가득했던 날들이 있었지만, 현재로서는 가물가물하다. 왜냐하면 분홍은 자신의 세계에서는 이미 난파당한 배처럼 가라앉고 있기 때문이다. 분홍이라는 상형(象形)이, 그 언어적 층위에서 연금술로 변형되었던 아찔한 경험만이 노트의 뒷장처럼 새겨져 있을 뿐이다. 분홍이란 본디 봄에 어울리는 색이라고 수군거리는 사람들, 하지만 그 말에는 분홍이 분홍으로 찬란했던 연금술에 대한 추억이 남아 있음을 그들은 알고 있을까.

화자는 세수를 마치고 책상에 앉는다. 창문은 얼굴을 계속 바꾸면서 바깥 풍경을 일으켜 세우는데, 화단에서는 매미 소리가 가득하다. 노트를 펼치고 일기를 쓴다. 아침에 쓰는 일기는 어제의 반성일까, 아니면 오늘의 다짐일까. 그리움으로 출렁거리는 우체국과 같이, 아침 일기는 "여름 나무는 무성해서 다시 바다 냄새를 일으키고, 내일 또 그리운 것들이 밀려올 것"(「나는 매일 우체국에 간다」)이라는 희망이다. 분홍이 저쪽에 있고, 조금씩 말라가고 있지만 여전히 분홍인 것처럼 화자는 그렇게 자신의 '지금-여기'를 기록하는 것이다. 과연, 분홍은 틀림없이 분홍이고, 화자는 어긋나지 않는다. "진실은 때로 남루해서 그동안 / 보여줄 수 없었"(「옷을 뒤집어 입고」)지만, 확실히 "의미가 없어도, 말이 맞지 않아도 / 느낌은 흘러나"오는 것이다.

*

그러나 분홍은 구멍을 내고 있다. 너무 말라 형체도 알아볼 수 없을 만큼 노쇠해진 채, "마른 우물처럼 먼지바람이 날"리고, 푸석푸석한 허공에는 날벌레들이 미지근한 햇빛을 차지하려고 "윙윙거리며 우는 소리"가 들려온다. "예전에 품에 품던 다정함을 / 까먹고 사랑을 잃었다고 짐작"하지만, 아니다. 분홍은 여전히 분홍인 것처럼, 사랑은 사랑이 아닌 다른 것이 될 수 없다. 둘만이 가지는 그

감정의 예리함은 시간이 지나도 닳지 않는다. “한참을 기다려야 내가 보일 것이다. 심심해서 발을 슬슬 적시든지, 냅다 분탕질을 친다든지”(「물웅덩이」) 그러할 것이다. 여전히 침을 삼키고 또 삼키면서 또한 여전히 울렁거리면서 나의 ‘얼굴’들을 오롯이 다시 쓰는 것이다. 끝

달아실시선 51

모자를 꺼내 썼다

1판 1쇄 발행 2022년 2월 28일

지은이 고은수
발행인 윤미소
발행처 (주)달아실출판사

책임편집 박제영
디자인 전형근
마케팅 배상휘
법률자문 김용진

주소 강원도 춘천시 춘천로 257, 2층
전화 033-241-7661
팩스 033-241-7662
이메일 dalasilmoongo@naver.com
출판등록 2016년 12월 30일 제494호

ⓒ 고은수, 2022
ISBN : 979-11-91668-32-2 03810

이 책의 일부 또는 전부를 재사용하려면 반드시 저작권자와 (주)달아실출판사 양측의 동의를 얻어야 합니다.

* 잘못된 책은 구입한 곳에서 바꿔드립니다.
* 책값은 뒤표지에 표시되어 있습니다.